РОССИЙСКАЯ СОЦИАЛИСТИЧЕСКАЯ ФЕДЕРАТИВНАЯ СОВЕТСКАЯ РЕСПУБЛИКА.

„Пролетарии всех стран, соединяйтесь!"

„БИБЛИОТЕКА ДЕТСКОГО ЧТЕНИЯ".

Н. В. Тулупов.

ТРИ МЕДВЕДЯ.

ГОСУДАРСТВЕННОЕ ИЗДАТЕЛЬСТВО.

Москва.—1920.

„Библиотека детского чтения".

ТРИ МЕДВѢДЯ.

I.

Одна дѣвочка ушла изъ дому въ лѣсъ. Въ лѣсу она заблудилась и стала искать дорогу домой, да не нашла, а пришла въ лѣсъ къ домику.

Дверь была отворена; она посмотрѣла въ дверь, видитъ, въ домикѣ никого нѣтъ, и вошла. Въ домикѣ этомъ жили три медвѣдя. Одинъ медвѣдь былъ отецъ, звали его Михаилъ Ивановичъ. Онъ былъ большой и лохматый. Другой была медвѣдица. Она была поменьше и звали ее Настасья Петровна. Третий был маленький медвежонок и звали его Мишутка. Медведей не было дома, — они ушли гулять по лесу.

В домике было две комнаты: одна столовая, другая спальня. Девочка вошла в столовую и увидала на столе три чашки с похлебкой. Первая чашка, очень большая, была Михайлы Иванычева. Вторая чашка, поменьше, была Настасьи Петровнина; третья, синенькая чашечка, была Мишуткина. Подле каждой чашки лежала ложка: большая, средняя и маленькая.

II.

Девочка взяла самую большую ложку и похлебала из самой большой чашки; потом взяла среднюю ложку и похлебала из средней чашки; потом взяла маленькую ложечку и похлебала из синенькой чашечки, и Мишуткина похлебка ей показалась лучше всех.

Девочка захотела сесть и видит у стола три стула: один, большой — Михайлы Иванычев, другой, поменьше — Настасьи Петровнин, и третий, маленький, с синенькой подушечкой — Мишуткин. Она полезла на большой стул и упала; потом села на средний стул — на нем было неловко; потом села на маленький стульчик и засмеялась — так было хорошо. Она взяла синенькую чашечку на колени и стала есть. Поела всю похлебку и стала качаться на стуле.

Стульчик проломился, и она упала на пол. Она встала, подняла стульчик и пошла в другую горницу. Там стояли три кровати: одна большая, — Михайлы Иванычева, другая, средняя — Настасьи Петровнина, третья, маленькая — Мишенькина. Девочка легла в большую — было слишком просторно; легла в среднюю — было слишком высоко; легла в маленькую — кроватка пришлась ей как раз впору, и она заснула.

III.

А медведи пришли домой голодные и захотели обедать. Большой медведь взял свою чашку, взглянул и заревел страшным голосом:

Кто хлебал в моей чашке!

Настасья Петровна посмотрела свою чашку и зарычала не так громко:

Кто хлебал в моей чашке!

А Мишутка увидал свою пустую чашечку и запищал тонким голосом:

Кто хлебал в моей чашке и все выхлебал!

Михайло Иваныч взглянул на свой стул и зарычал страшным голосом:

Кто сидел на моем стуле и сдвинул его с места!

Настасья Петровна взглянула на свой стул и зарычала не так громко:

Кто сидел на моем стуле и сдвинул его с места!

Мишутка взглянул на свой сломанный стульчик и пронищал:

Кто сидел на моем стуле и сломал его!

Медведи пришли в другую горницу.

Кто ложился на мою постель и смял ее!

заревел Михайло Иванович страшным голосом.

Кто ложился на мою постель и смял ее!

зарычала Настасья Петровна не так громко.

А Мишенька подставил скамеечку, полез в свою кроватку и запищал тонким голосом:

Кто ложился на мою постель!

И вдруг он увидел девочку и завизжал так, как будто его режут.

Вот она! Держи, держи! Вот она! Вот она! Ай-яя* Держи!

Он хотел ее укусить. Девочка открыла глаза, увидела медведей и бросилась к окну. Оно было открыто, она выскочила в окно и убежала. И медведи не догнали ее.

Л. Толстой.

Вопрос. Что спасло девочку от медведей?

Медведица купает своих детей.

МЕДВЕДЬ, ЖУРАВЛЬ и ЛОШАДЬ.

I.

Дедушка мой, Григорий Петрович, был страстный охотник. Жил он в деревне, в своем собственном доме. При доме был огромный двор и большой сад. Двор походил больше на лужок, чем на двор, потому что весь зарос травой, и по траве шли только протоптанные тропинки в ледник, в конюшню и амбар. Около ворот на цепи сидела собака, а с ней заигрывал медвежонок. Медвежонка дедушка поймал сам. Он убил на охоте медведицу, а двух медвежат привез домой. Обоих поили сначала молоком из рожка. Дедушка всегда сам занимался этим. Жили они под крылечком, где была постлана для них солома. Но ходить им позволялось везде — по двору, по саду и даже по всем комнатам.

II.

Раз дедушка пригласил к себе гостей обедать. Прислуга хлопотала, суетилась, накрывала на стол. Когда стол был уже готов, и оставалось только поставить стулья, в комнату вбежали медвежата, играя и катаясь кувырком. В это время заколыхались углы скатерти. Это так понравилось медвежатам, что они тотчас же вцепились в два конца, стали тащить и потом вдруг сдернули, вместе со скатертью, все, что было на столе. Посуда вся переби-

лась, и по всему дому раздался страшный грохот. Дедушка и гости прибежали в столовую и застали там одного медвежонка над битой посудой, которую он с любопытством осматривал. Другой же отошел в сторону и жалобно визжал. Дедушка хотел наказать обоих, но заметил, что медвежонок, который визжал, весь в крови. К вечеру он умер, и у дедушки остался один медвежонок. Он подружился с собакой, лазил к ней в будку, отнимал кости и, кроме того, не давал никому проходу: работницу хватал за платье, у повара воровал разные съедобные вещи, у лакея размазывал ваксу и растаскивал сапожные щетки, вообще безобразничал до такой степени, что его не стали пускать в дом.

III.

Когда наступила зима, он был уже довольно большой, и повар научил его носить в кухню дрова.

Наберет Михаил Иванович целую охапку и идет с ней на задних лапах, а ребятишки, дети дворовых людей, подбегут к нему да дернут за хвост, — он и опрокинется назад. Вся ватага тотчас разбежится по углам, а медведь вскочит сердитый и начнет бросаться дровами. Потом видит, что делать нечего, соберет дрова и опять идет, пока снова не дернут его за хвост.

Если же случалось, что в то время, как он несет дрова, повар дернет за звонок, которым его обыкновенно призывали к еде, то он бежит, бросая тут же, на дороге, дрова, и, что есть духу, уж на четырех лапах, прямо к кухне. Точно так же бросал он дрова, лишь только выходил на двор дедушка, и бежал к нему ласкаться.

IV.

Так прошла зима, и на следующее лето он стал еще больше,

цепная собака уж не так смело заигрывала и огрызалась на него, а все приходившие на двор сострахом поглядывали на Михаила Ивановича.

К осени дедушка стал ездить на охоту; ездил он верхом, и лошадь его не только не боялась Мишки, но даже очень любила его, так что Мишка становился на задние лапы и нежно обнюхивал ее голову, а она нагибала к нему свою и терлась об него. Мишке сделали ошейник и к ошейнику прицепляли цепь, на которой дедушка стал водить его с собою в лес на охоту. В лесу дедушка цепь снимал, и Мишка дружно скакал подле его лошади.

V.

Раз летом, уже около августа месяца, какой - то мужичок принес дичь продавать и вместе с дичью принес молодого журавля.

Журавль был, должно-быть за-

1*

шиблен и летать не мог. Дедушка купил его и стал за ним ходить;
когда тот оправился, он подвязал
ему крылья и пустил на двор.
Журавль через месяц был уж так
смел, что заходил в кухню и без
церемонии заглядывал на стол, а
иногда даже и на плиту. Когда он
не находил ничего в кухне, он,
важно выступая, направлялся к
собачьей конуре и вылавливал из
чашки кусочки хлеба. Собака обыкновенно ворчала на это, а Мишка
всегда сторонился и давал место
длинному журавлиному носу. К
зиме журавля поместили в конюшню, где стояла дедушкина верховая
лошадь, и он клевал овес из ее
яслей. Дедушка приходил каждый
день к журавлю и всегда приносил

ему какой-нибудь лакомый кусочек.

VI.

Вот жили они, поживали мирно, как вдруг раз бегут люди к дедушке и говорят ему, что Мишка нашалил, мужика поломал. Дедушка выскочил на двор, бежит к воротам, а у ворот лежит мужик; около него корзины, а лицо все в крови. Лежит он навзничь, а Мишка сидит около него, лапа одна в крови, и он ее лижет. Дедушка посмотрел на него — глаза не злые. Подошли к Мишке поближе, дело и объяснилось. Мужичок лежал мертвецки пьяный, а Михаил Иванович обмазал его клюквой давленой, а лапу с клюквой потом и облизывал. Всю ягоду передавил у него в корзинах. Мишку отогнали, мужика подняли, а дедушка стал подумывать: хорошо, что теперь дело так обошлось, а ведь, пожалуй, когда-нибудь и в самом деле кого задавит.

На следующих же днях медведь так напроказил, что пришлось его посадить на цепь.

В одной из комнат стали топить

печь, и дым, вместо того, чтобы итти в трубу, хлынул весь в комнаты. Труба была открыта, а дым все не шел. Дедушка велел лезть на крышу, и сам вышел на двор. Когда он посмотрел на крышу, то дело объяснилось. На крыше сидел Мишка и начинал уже ломать вторую трубу. Одна же труба лежала на крыше, уже разобранная по кирпичикам. Должно-быть, Михаилу Ивановичу очень понравилось это занятие, потому что он, несмотря на присутствие дедушки, продолжал отламывать кирпичики, так что пыль поднималась столбом. Дедушка не мог его дозваться, и он слез только тогда, когда вздумали позвонить в колокол у кухни.

После этого происшествия дедушка увидел, что Михаил Иванович не может гулять на свободе, и потому ему очистили в конюшне одно стойло. Медведь сидел на цепи, которая допускала его только заглядывать к лошади и  взлезать на перегородку. Когда дедушка ездил на охоту, медведь бежал рядом с лошадью, а жу-

равль не отставал от них и тоже
летел по другую сторону лошади.
Так жили они долго, больше года.

VII.

Поехали они раз далеко в лес;
дедушка охотился, настрелял мно-
го и стал домой собираться; кли-
кал-кликал Мишку — нет его; он
начал свистать — не отзывается.
Нечего делать, было поздно, и дедушка отправился без Мишки. Отъ-
ехал он версты две, вдруг лошадь
зафыркала и заржала. Дедушка
приостановился, еще раз свистнул
и видит: Мишка мчится к нему со
всех ног. Через неделю опять бы-
ли на охоте. Собираются домой, а
Мишки опять нет. Но дедушка
теперь не беспокоился, думая, что

прибежит потом; посвистал, покри-
чал, да и поехал. Дорогой остана-
вливался несколько раз, а Мишки все

нет. Видно, понравилось гулять
по лесу. Приехал дедушка домой
и послал в лес со свистками. При-

ехали и люди, а Мишку не привели. Осиротели журавль и лошадь. Живут одни в конюшне, а Михаил Иванович гуляет себе по лесу да знакомится с своими братьями.

VIII.

Вот прошел и месяц, дедушка чуть не каждый день ездит искать Мишку, а все не находит.

Пришлось ему по делам ехать в соседний город и пробыть там с месяц. Приехал он домой, а человек ему и говорит:

— Приходили мужики из Бабаева, просят вас поохотиться на медведей. Говорят, медведи так зашалили, что сил нет; один так чуть не по деревням ходит.

У дедушки от этих слов сердце так и сжалось.

— Когда они приходили? Давно? — спрашивает дедушка.

— Да вот вчера опять приходили, чтобы сказать вам, что сегодня они идут облавой в своем лесу.

Дедушка как был с дороги, так и сел на свою верховую лошадь и помчался в Бабаево.

IX.

Приехал в деревню, спрашивает:

— Давно ушли мужики?

— Давно, — говорят ему, — чуть свет.

Расспросил дедушка, в какой лес ушли, и бросился туда. Едет и слышит один выстрел, другой и потом еще несколько; дедушка погоняет коня все шибче и шибче. И вот выехали они на большую поляну. Из лесу на поляну бегут с ружьями мужики, а в одном конце лежит медведь, во многих местах прострелянный. Взглянул на него дедушка, да так и обмер. Ведь это друг его, Михаил Иванович! Видно, он все искал дедушкин дом, оттого и заходил в деревни.

— Миша! — крикнул дедушка, что было мочи.

Лошадь зафыркала, заржала, журавль полетел шибче, а бедный Мишка приподнял голову, застонал и начал подниматься. Дедушка спрыгнул с коня и побежал к нему. Мишка прошел, шатаясь, несколько шагов, а кровь так и течет из него; мужики испугались, кричат, чтобы дедушка стрелял. А дедушка, вместо того, и ружье бросил, и обнимает своего друга. Мишка не мог уж держаться на ногах и повалился.

Дедушка стал подле него на колени, а бедняга лизал его руки, жалобно рычал и смотрел на всех своих товарищей, — на лошадь, на журавля и на дедушку, — и смотрел так умно, чуть что не говорил. Потом захрипел, вытянулся и умер.

„Из Детского Чтения“.

Вопросы. Любил ли Мишка дедушку? Из чего это видно?

ПЕТУШОК.

Ходит по двору петушок: на голове красный гребешок, под носом — красная бородка. Нос у Пети долотцом; хвост у Пети колесцом; на хвосте узоры, на ногах шпоры. Лапами Петя кучу разгребает, курочек с цыплятами созывает:

„Курочки-хохлатушки!
Хлопотуньи-хозяюшки!
Пёстренькие-рябенькие!
Чёрненькие-беленькие!
Собирайтесь с цыплятками,
С малыми ребятками;
Я вам зёрнышко припас!"

Курочки с цыплятками собрались, раскудахтались; зёрнышком не поделились — передралися.

Петя-петушок беспорядков не любит — сейчас семью помирил; ту за хохол, того за вихор, сам зёрнышко съел, на плетень взлетел, крыльями замахал, во всё горло заорал: ку-ку-ре-ку!

Цена 7 р.

ГОСУДАРСТВЕННОЕ ИЗДАТЕЛЬСТВО.

1920 г.